SEUL CONTRE TOUS

Pour Nicolas et Nathan.

Loi n° 49-956 du 16 juillet 1949 sur les publications destinées à la jeunesse,
modifiée par la loi n° 2011-525 du 17 mai 2011.
ISBN 978-2-09-252819-8

SEUL CONTRE TOUS

Hubert Ben Kemoun

Illustrations de Joëlle Passeron

Nathan

1

Il fait froid et ça pue.

Tout à l'heure, lorsqu'il est entré ici en catastrophe pour se cacher, une grosse araignée a interrompu son tissage avant de disparaître derrière l'ancien réservoir de la chasse d'eau.

C'était il y a bien un quart d'heure. Il ne peut pas l'évaluer exactement, il n'a pas de montre, et de toute façon, comment déchiffrer un cadran dans le noir ? À présent, la bestiole est sans doute ressortie de sa cachette. Elle a dû sentir que Baptiste n'en voulait ni à sa vie ni à sa toile, et elle a certainement repris son petit manège entre le coin du plafond et le sommet du vieux réservoir rouillé.

Bien sûr, la lumière est éteinte, et Baptiste ne peut pas s'empêcher de penser que l'abominable insecte velu se trouve là, tout près, qui sait, à quelques centimètres de ses cheveux. Cette idée le terrorise. Il a toujours eu si peur des araignées, de toutes les araignées, même des plus petites ; mais cela lui fait moins peur que la horde qui voulait lui faire la peau et qu'il a réussi à semer… Pour l'instant. Il y en aura bien un qui finira par le chercher dans ces anciennes toilettes qui servent dorénavant de local pour les poubelles. Cet endroit est strictement interdit aux élèves, mais s'il est venu s'y cacher, un de ses assaillants pourrait très bien fureter dans le coin.

Quel maléfice a pu les rendre aussi fous ? Comment cette histoire a-t-elle pu commencer ? Sans doute mercredi dernier, cinq jours plus tôt.

Mercredi (5 jours avant)

C'était un après-midi gris et collant d'ennui.

Baptiste n'aime pas la piscine. Disons plutôt qu'il déteste se montrer en maillot. Là-bas, autour des bassins, il risquerait de croiser des filles de sa classe ou de son quartier. Et puis, la piscine, pour y faire quoi ? Il nage comme une clé à molette et il n'a jamais été très pressé d'apprendre. Alors, aller s'ennuyer tout seul dans une puanteur de Javel, pour rester accroché comme une bernique à l'échelle ou assis un peu perdu au bord du carrelage, non, pas question !

Il aurait pu aller traîner à la médiathèque municipale. Mais à la seule idée de croiser cette vieille bique d'Anita Mertasso qui accueillait chaque visiteur en grimaçant, et qui beuglait cent cinquante « silence ! » à l'heure, il avait abandonné ce projet.

De toute façon, cette bonne femme le détestait depuis qu'un jour il avait déchiré la page d'une B.D., sans le faire exprès. Il avait eu beau s'excuser, expliquer qu'avec un peu de scotch transparent... promettre de rembourser le bouquin... Mme Mertasso l'avait sommé de quitter immédiatement les lieux. Il avait protesté, tenté de négocier, elle n'avait rien voulu entendre. Baptiste était sorti la honte aux joues et l'injustice au cœur, en donnant un coup de pied dans le présentoir à journaux.

Depuis, il n'avait jamais osé remettre les pieds à la médiathèque. Pour Mme Mertasso les choses étaient claires, Baptiste n'était qu'un dangereux vandale. Non, la bibliothèque le mercredi après-midi, impossible !

Le problème du mercredi après-midi ne se posait pas lorsque ses parents l'avaient inscrit au cours de judo du centre social. Hélas, le prof, Hugo Tesson, une asperge à l'appareil dentaire pas très net et à l'haleine évoquant le fennec crevé, l'avait exclu au bout de quatre séances. Tesson avait décrété que Baptiste n'avait pas « l'état d'esprit d'un vrai judoka », après avoir déniché son élève rôdant devant la porte des vestiaires des filles. Peu importe, Baptiste détestait le judo autant que Tesson.

Que restait-il au jeune garçon pour occuper son mercredi après-midi ? L'ordinateur ? Oui, c'était une bonne idée, il adorait cela ! Sauf que depuis que son grand frère Timothée avait renversé un verre de soda sur le clavier…, d'ordinateur, à la maison, il n'y en avait plus. « Et pour un bon moment ! Non mais vous croyez quoi, que l'argent pousse comme des mauvaises herbes ? » avait pesté sa mère, avant d'ajouter que, pour une autre machine, on verrait à Noël, et encore, ce n'était pas sûr ! On était au mois de mai…

Voilà pourquoi, ce mercredi-là, Baptiste traînait au rayon jeux vidéo du centre commercial. Il avait monopolisé les manettes du nouvel *Envahissor Distorsion*, en démonstration depuis quelques jours au premier étage du magasin. Il aurait joué pendant des heures si l'un des vendeurs n'était intervenu pour lui intimer l'ordre de céder le jeu à d'autres clients attendant leur tour. Baptiste avait donc abandonné le rayon jeux et était resté un moment du côté des vidéos pour regarder quelques bandes-annonces de films qui passaient en boucle sur de nouveaux écrans plats grands comme des tables de ping-pong. Puis il s'était intéressé un petit bout de temps aux derniers modèles de téléphones portables, en pensant tristement que ce n'était pas demain la veille que sa mère lui en offrirait un, étant donné le délai qu'elle avait décrété pour l'achat d'un ordinateur. Il avait fini par se diriger vers les portes du Fan Mega Store. C'est là qu'avait eu lieu l'incident. Une peccadille ridicule qui ne mériterait même pas une ligne dans le journal local. Encore moins qu'on la raconte dans un livre…

Alors qu'il sortait du magasin, Baptiste avait croisé son cousin Rémi. C'était au moment précis où ils passaient les portiques de sécurité, chacun dans un sens. Une alarme s'était déclenchée et avait vrillé les tympans de bon nombre de clients présents dans les parages. Surpris, les deux garçons s'étaient figés tandis qu'un vigile en costume sombre les attrapait fermement par les épaules.

Baptiste avait bien des défauts, mais certainement pas celui de voler dans les magasins. Il savait que le vigile ne trouverait rien dans les nombreuses poches de son pantalon, mais il détesta les regards suspicieux et déjà accusateurs que lui jetaient les clients qui passaient près des caisses.

La fouille n'avait pas duré très longtemps, mais elle avait été complète.

Le vigile, dont l'oreillette grésillait, n'avait oublié aucune des cachettes possibles de ses vêtements ni de ceux de Rémi. Au bout d'une dizaine de minutes, chacun avait pu repartir tranquillement, Rémi au rayon informatique (son ordinateur n'avait été arrosé par personne) et Baptiste chez lui.

Il ne s'était rien passé…

Ah, si ! Peut-être une petite sensation de mal de tête et de nausée quand il était descendu du tramway.

La fièvre était montée dans la soirée, accompagnée d'une toux grasse que sa mère avait réussi à apaiser un petit peu, à coups de lait au miel d'acacia et de frictions d'un baume dont elle seule avait le secret. « Vraiment rien de bien grave, c'est juste une bonne bronchite. Pas de panique mon garçon, d'ici quelques jours, tu sauteras comme un cabri avec tes copains dans la cour de récréation ! » avait déclaré le docteur arrivé à son chevet le lendemain matin.

2

Il les entend qui vrombissent au loin comme un essaim d'insectes s'abattant sur la cour de récréation. Ils l'attendent ou le cherchent. C'est cette grande andouille d'Octave Odéon qui mène l'escadrille d'élèves contre lui. Il a ses généraux et ses lieutenants pour le seconder dans cette expédition. La moitié de sa classe de CM2 et trois CM1 trop contents d'être enrôlés par les plus grands.

Lorsque la cloche sonnera, ils se calmeront, mais pour combien de temps ? Et lui, que fera-t-il ? Baptiste n'en a pas la moindre idée. Il a si peur du noir, et il n'arrive pas à s'habituer à cette odeur écœurante qui imprègne tout, les deux conteneurs à ordures, les murs et sans doute déjà ses vêtements. Cette puanteur l'étouffe et augmente son malheur. Assis au pied de l'une des deux grandes poubelles, il se sent complètement perdu.

Et l'araignée ? Où est-elle, cette cochonnerie, en ce moment ?

Est-ce que ça arrive à se repérer dans le noir, une araignée ? se demande-t-il avec angoisse.

Jeudi (4 jours avant)

– Sur la vie de ma mère ! Je te dis que je l'ai vu hier après-midi, il a été chopé en sortant du Fan Mega Store. J'étais avec mon père, on y allait pour les appareils photo numériques, il m'en paye un pour mon anniversaire.

Autour d'Octave Odéon, un groupe d'élèves s'était agglutiné, attentif et gourmand de ragots en tout genre.

Il faut dire que, quand Odéon parle, on l'écoute. Celui-là en impose toujours, et pas parce qu'il jure plus que les autres, ni parce qu'il sera bientôt l'heureux détenteur d'un appareil numérique. Depuis que son père est entré au conseil municipal, dans la cour on considère Octave comme un proche des sphères du pouvoir et on préfère de beaucoup faire partie de ses copains. Un garçon qui a passé ses dernières vacances d'été aux États-Unis avec ses parents, qui arbore un téléphone portable dernier cri et dont le père connaît personnellement le maire de la ville, ne peut être qu'un très précieux camarade.

– C'est dingue ! Peut-être que sa mère ne roule pas sur l'or et que ça explique ! avait dit Brice.

– Ça n'explique rien du tout ! était intervenu aussitôt Farid. Chez nous on n'a pas un rond depuis que l'usine où travaillait mon père a fermé, mais c'est pas pour autant qu'on vole !

– Peut-être qu'il est malade ? La cleptomanie, c'est comme ça que ça s'appelle, quand on ne peut pas s'empêcher de chourer partout ! Même quand on n'en a pas besoin, avait déclaré Louis avec un ton d'expert.

– On s'en moque ! Ce qui compte, c'est qu'il a volé et qu'il s'est fait prendre ! avait résumé Odéon, histoire de reprendre la main sur la discussion.

– Et il a volé quoi ?

Octave Odéon aurait détesté avouer qu'il n'en savait strictement rien. Il appréciait trop ces délicieux moments de gloire que lui valaient les informations qu'il était seul à détenir. Il n'allait pas se laisser dépasser par une pareille question.

– Un disque ou un jeu vidéo, certainement. En tout cas, le vigile l'avait repéré. Vous auriez vu comment il leur est tombé dessus !

– Leur ? Pourquoi tu dis « leur » ?

– Baptiste avait un complice. Un gars qui passait les portiques de sécurité avec lui. Et ce que je peux vous dire, c'est que ni Baptiste ni l'autre ne semblaient démontés de se faire choper comme ça !

– Alors ça ne devait pas être son premier coup, avait diagnostiqué quelqu'un dans le groupe.

– C'est bien ce que je disais, la maladie de la cleptomanie ! avait repris Louis, toujours avec ses intonations de savant. Bon, en même temps, il n'a tué personne... Il s'est fait choper et ça lui servira de leçon.

– On te dit qu'il avait un complice ! Il est organisé, il a l'habitude ! Tu parles d'une leçon ! C'est une vraie plaie, ces vols !

– Je suis d'accord avec toi, Octave ! avait acquiescé Marie-Lou. Mes parents, dans leur quincaillerie, vous n'imaginez pas tout ce que ça leur coûte, ces sales voleurs !

Marie-Lou, aux dires de toute la classe, est la plus jolie fille de tous les CM2 de l'école, du quartier et peut-être même de la ville. Le problème n'est pas que ce soit vrai ou pas, non, le problème c'est qu'elle le pense elle aussi et en profite allègrement. Brillante, elle l'est un peu en classe, mais surtout avec son regard amande. Ses yeux magnifiques n'ont pas que l'éclat émeraude du fruit, ils en ont aussi la forme. Étincelante, elle l'est sans doute par le soyeux de ses cheveux dorés. On dirait que, d'un champ de blé moissonné, elle a gardé les plus beaux et les plus fins épis pour confectionner sa merveilleuse crinière. Une légion de garçons de son âge sont sous son charme, et Marie-Lou se délecte de cela. Si cela pouvait suffire pour lui plaire, ils auraient été nombreux à jurer, la main au-dessus des braises, qu'ils adoraient les endives, les mathématiques ou les caniches nains. Un peu comme pour Octave Odéon, quand cette merveille de fille ouvrait la bouche, même pour dire une bêtise énorme, la moitié de ses soupirants s'exclamaient qu'ils n'avaient jamais rien entendu de plus sensationnel.

Ce jour-là, ce ne fut pas une de ses plus grosses bêtises qu'elle prononça, mais elle eut des conséquences dévastatrices.

– Je déteste les voleurs ! s'était-elle d'abord contentée de dire, histoire de défendre non seulement le petit commerce mais aussi son futur héritage du Brico Mondo, très bien placé en face de la mairie.

– Moi aussi !

– Bien dit !

– Je suis d'accord ! avaient aussitôt surenchéri les autres.

– Et je vous avertis, moi, ce sale voleur de Baptiste, je ne lui parle plus. Vous, vous faites comme vous le sentez, mais pour moi, c'est terminé ! avait-elle conclu d'un ton sec.

– Eh bien, pour moi, ce sera pareil ! avait immédiatement lancé Sylvain, qui se moquait éperdument des affaires de

Baptiste, mais cherchait à être le premier en accord avec Marie-Lou.

Trois autres garçons, secrètement amoureux de la future quincaillière, avaient tout de suite juré la main sur le cœur qu'ils imiteraient la belle.

– Et il est où, Baptiste, aujourd'hui ?

– Il a une bronchite, a dit le maître.

– Tu parles, une bronchite ! Il se planque, ou mieux, tiens… Une bronchite ? À mon avis, il a surtout dû se faire souffler dans les bronches chez lui. C'est pas chez le docteur qu'il avait rendez-vous, c'est au commissariat ou chez le juge !

Odéon n'était jamais à court d'idées…

– Les cinq euros que j'avais perdus dans les vestiaires du gymnase, vous vous souvenez ? Je pense que… Enfin, vous voyez ce que je veux dire… avait-il ajouté avec un air entendu.

Quand la fin de récré du matin sonna, la discussion au sujet de Baptiste en était à peu près là. Toujours parfaitement orchestrée par Octave et quelques autres, elle se poursuivit au réfectoire et pendant la pause de l'après-midi.

À la sortie, à la fin de la journée, une moitié de la classe était au courant que Baptiste allait passer au tribunal devant un juge. Il était actuellement interrogé par la police. On le soupçonnait d'être membre d'une bande (peut-être même le chef, on n'en était pas encore certain) qui écumait les poches de ses camarades et tous les magasins du centre, dont Brico Mondo du père de Marie-Lou Ruiz sur la place de l'Hôtel-de-Ville.

3

Fous, ils sont tous devenus complètement fous pendant son absence !

Il faudrait avoir un allié, mais Baptiste n'en voit aucun dans le groupe en furie qui l'a poursuivi dès son entrée dans la cour, ce matin.

Il est arrivé dans cette école et dans cette classe il y a à peine un mois. C'était juste après la séparation de ses parents. Son déménagement à l'autre bout de la ville l'obligeait à changer ses habitudes et ses repères, et pas seulement parce que dorénavant il passerait un week-end sur deux et la moitié des vacances scolaires chez son père.

Il n'a pas encore eu le temps de se faire de vrais amis, pas davantage celui d'avoir de vrais ennemis. Du moins, c'est ce qu'il croyait avant ce lundi…

Non, cela ne se peut pas, songe tristement Baptiste, au milieu du local poubelle. C'est impossible que toute une classe veuille ainsi lui faire la peau. Cela ne peut pas exister.

Il se le répète, mais n'en est plus vraiment sûr.

Qu'une araignée puisse attaquer un garçon de sa taille, ça non plus, cela ne se peut pas. Mais de cela non plus, il n'en est pas certain…

Vendredi (3 jours avant)

La rumeur était un serpent monstrueux qui s'alimentait et doublait de volume à chaque mot prononcé ; les ravages de son venin n'avaient plus de limite. Chacun était revenu le vendredi matin à l'école avec des arguments et des informations qui pouvaient accuser davantage ce Baptiste. Après tout, on ne le connaissait pas bien, on ne l'avait jamais beaucoup aimé et personne ne pouvait se prétendre son ami dans la cour. (C'était bien une preuve qu'il avait une bande hors de l'école.) Et puis ce gars-là venait d'ailleurs. D'un autre quartier au nord de la ville. Pour un peu, on aurait été capable d'imaginer que, là-bas, de l'autre côté du fleuve, on parlait une autre langue, on avait d'autres coutumes et on échangeait une autre monnaie.

Et que Baptiste n'ait pas encore remis les pieds en classe, n'était-ce pas un signe supplémentaire de sa culpabilité ?

– S'il n'est pas là, c'est que le juge l'a gardé !

– Je ne savais pas qu'on pouvait incarcérer un enfant... avait osé contester Pierrick.

– Sauf si c'est grave ! avait immédiatement dégainé Octave Odéon.

C'était donc grave. Très grave !

Avant la première sonnerie, on racontait que Baptiste était interdit de séjour à la médiathèque municipale. Un informateur de CE2 avait entendu Anita Mertasso le réprimander, et pas qu'une seule fois. Très vite, on apprit de source sûre que la reine de la médiathèque l'avait exclu définitivement. À la récréation du matin, on précisait que c'était parce qu'il était soupçonné d'avoir volé des livres et des DVD en quantité astronomique avec sa bande. Cette bande, à présent plus de doute là-dessus, Baptiste en était le chef.

Au repas de midi, on servit dans les assiettes un filet de julienne avec du riz au curry. Il y eut surtout du rab au sujet de Baptiste. On apprit notamment qu'il connaissait le karaté (judo, karaté, on n'allait pas chipoter pour ce genre de détail) ; et le soir, on expliquait qu'il avait été viré du dojo pour avoir agressé (à plusieurs reprises) les filles dans leurs toilettes et dans leur vestiaire.

On racontait ce qu'on voulait à qui voulait l'entendre, et ils étaient nombreux à vouloir entendre ces ragots. La rumeur se fredonnait comme une chanson entêtante, sur tous les tons et tous les rythmes. Et quand on manquait de détails, on brodait allègrement autour de chaque nouvelle information. La rumeur devenait une collection de racontars, et chacun était prompt à compléter d'une nouvelle pièce le costume de gangster de Baptiste.

Comment avait-on pu supporter un pareil et si dangereux délinquant dans l'école ? C'était vraiment une bonne chose qu'on le démasque aussi vite après son arrivée.

– Peut-être qu'il a déménagé parce qu'il était fiché par la police, dans le coin où il habitait avant… avait suggéré Wilfried.

– Je croyais que son déménagement était lié au divorce de ses parents…

Louis, en bon scientifique, essayait d'avoir des hypothèses claires. Il aurait dû réfléchir avant d'avancer pareille idiotie.

– Ça n'empêche pas ! l'avait immédiatement mouché Marie-Lou. Ça n'empêche pas du tout !

Il fallait qu'il fasse attention, le petit Louis. À jouer les malins, il allait perdre tout crédit aux yeux de ses camarades en général, et de la future héritière du Brico Mondo en particulier. Il était de leur côté ou de celui du bandit ? Il fallait qu'il choisisse son camp, et vite.

Le silence s'était abattu entre eux, lourd et déjà plein de menace. Louis sentit qu'il risquait gros. C'est lui qui rectifia aussitôt sur le ton de l'excuse.

– Ouais, tu as raison, l'un n'empêche pas l'autre ! Vraiment, parfois je raconte n'importe quoi ! fit-il pour rester dans le clan.

Et pour montrer sa loyauté envers le groupe, il ajouta :

– Et son père, là-bas, dans les quartiers nord, on ne sait pas ce qu'il fait, si ça se trouve, il est peut-être en taule. Hein, qu'est-ce qu'on en sait ?

Tout le monde partit en week-end, bien décidé à faire un sort à ce lascar dès le lundi (du moins si la justice lui permettait de sortir de prison et si l'idée lui prenait de remettre les pieds dans les parages). Ah ça, il allait voir ce qu'il allait voir, le Baptiste ! Mais il faudrait se méfier, il prenait tout de même des cours de karaté…

POUBELLE

4

La cloche a sonné et ils sont rentrés en classe.

Brusquement, le silence qui emplit sa cachette de rat d'égout est pire que leurs cris de soldats tout à l'heure. Il est seul, vraiment seul !

Baptiste étouffe, et pas seulement à cause de cette puanteur qui rend l'air acide. Il a soif, mais pas question de s'éloigner du bord de cette poubelle pour chercher à tâtons dans les anciens boxes des toilettes s'il n'y a pas un robinet fixé dans un coin.

L'araignée a peut-être des copines par là-bas. Oui, elle a sûrement des copines, elle…

Il pense que s'il sort de cette cachette, ils seront tous capables de le frapper jusqu'au sang à la prochaine récré, mais s'il n'en sort pas, il mourra de peur ou d'asphyxie, ou les deux.

Baptiste pense aussi qu'il pourrait s'enfuir de l'école, pour toujours. Oui, mais pour aller où ? Sale comme il l'est, il n'osera pas faire trois pas dans la rue. Et même s'il atteignait la maison, il imagine les hurlements de sa mère quand elle rentrera épuisée du travail. Elle ne croira jamais son histoire de meute à ses trousses. Personne ne pourrait gober une pareille folie. Lui-même se demande s'il n'est pas en plein cauchemar. Mais non, il est bien réveillé, le local pue vraiment, et l'obscurité est épaisse comme de l'acier.

Il n'y a pas d'issue.

Le sort de cette araignée invisible et des autres qui vivent ici est sans doute bien plus enviable que le sien.

Lundi (ce matin)

Fiévreux et nauséeux, Baptiste s'était ennuyé à mourir pendant toute la fin de la semaine. Il était resté prostré dans un appartement où les cartons du déménagement n'étaient pas encore tous défaits, et cela n'avait pas arrangé son moral. Sa mère, qui n'avait pas pu obtenir de congé pour s'occuper de lui, avait téléphoné sans cesse le jeudi et le vendredi pour prendre de ses nouvelles depuis son bureau, mais c'était un bien maigre réconfort. Ces jours de maladie ressemblaient à un dimanche après-midi interminable, gluant d'ennui et de fatigue. Et, comble du désespoir, il n'avait même pas pu disposer d'un ordinateur à embarquer dans sa chambre pour y jouer et passer le temps si lourd et si lent.

Enfin, le lundi était arrivé. Il avait franchement hâte de revenir en classe et de revoir les autres, d'avoir enfin des choses à écouter, des bêtises à raconter, et Marie-Lou à admirer en douce.

Voilà pourquoi, ce lundi matin, il était si heureux de retrouver ses nouveaux camarades. Voilà pourquoi, en arrivant, il n'avait absolument pas senti que quelque chose clochait dans les regards qui le fixaient alors qu'il traversait la cour de récréation. Des regards sombres et appuyés, un silence suspicieux, incompréhensible et qui ne présageait rien de bon. Cette méfiance donnait l'impression qu'il avait rapporté de chez lui un virus terrriblement virulent. Les mines des autres étaient si fermées et il n'avait pas voulu croire que cela lui était destiné.

Octave, Marie-Lou et une douzaine d'élèves conspiraient dans un coin du préau. Naturellement, il s'était joint à leur groupe.

– Salut, ça va ? avait-il lancé en toute innocence.

Pendant une minute interminable, personne n'avait répondu. Puis une voix avait demandé :

– Ils t'ont laissé sortir ?

– Oh, c'était juste une petite bronchite, rien de bien grave ! Je ne suis pas en sucre ! avait-il fait en se forçant à ricaner.

Mais sans comprendre pourquoi, il se sentait de plus en plus mal à l'aise.

– Les flics, ils t'ont laissé sortir ? avait insisté Octave avec une grimace étrange.

– Les flics ? Quels flics ? Qu'est-ce que vous racontez ?

Il avait perçu l'ambiance glaciale qui enveloppait le groupe mais avait voulu croire à une farce.

– Non, je ne comprends pas ! s'était-il contenté de dire.

Personne n'avait pris la peine de l'éclairer. Et à partir de ce moment-là, Baptiste avait senti un mouvement dans son dos. Il s'était approché du cercle quelques instants plus tôt, et voilà que celui-ci se refermait sur lui. Les autres semblaient chercher à le piéger.

– Et ici, ça va comment ? avait-il demandé d'une voix hésitante, en jetant des regards de plus en plus inquiets autour de lui.

Oui, ça devait être ça : ils avaient préparé une blague pour son retour. Pas de quoi paniquer. Après tout, c'était plutôt sympa comme attention. Ne pas leur gâcher le plaisir de leur scénario, mais rester malgré tout vigilant.

– Ça allait très bien, jusqu'à ce que tu arrives !

Non, ce n'était peut-être pas une plaisanterie… Il ne connaissait pas ce ton si dur chez Marie-Lou. Un courant électrique l'avait parcouru de part en part, alors que l'étau se resserrait, de plus en plus hermétique autour de lui.

– Mais qu'est-ce qui se passe ? C'est quoi le problème ? avait-il murmuré.

– Le problème… c'est toi !

Marie-Lou lui avait balancé cela à la figure comme on envoie un crachat. Puis quelqu'un l'avait poussé dans le dos.

Violemment. Baptiste avait trébuché contre cette grande saucisse d'Odéon qui lui faisait face, et qui lui avait immédiatement donné une gifle.

– Eh, non mais ça va pas bien ?

Abasourdi, il n'avait pas eu le temps de réagir et avait porté la main à sa joue. Dans son dos, on avait cherché à le déséquilibrer aux pieds du gifleur.

Pour ne pas tomber, Baptiste s'était rattrapé au sweet-shirt d'Oscar qui n'attendait visiblement que ça.

– Toi, tu ne me touches pas ! Tu me salis… espèce de sale voleur !

– Voleur ? Mais…

– Ferme-la, je t'ai vu au magasin mercredi dernier ! De toute façon, on sait tout ! On en sait beaucoup sur toi !

– Mais bon sang qu'est-ce…

Il n'avait pas pu en dire davantage.

Au moins quinze élèves formaient désormais un bloc compact autour de lui, sans doute aussi pour empêcher les maîtres de voir ce qui se passait, dans ce coin isolé du préau. Quelques coups de pied avaient commencé à viser ses tibias, des mains à le pousser et à attraper ses cheveux. Il n'était plus qu'une bille de flipper, prenant un coup à chaque rebond. Un coup et une insulte. « Voleur » revenait sans cesse.

– Que tu piques dans les magasins, c'est ton affaire, mais que tu piques dans mes poches ! Tu vas le payer, salopard ! avait-il entendu cracher Octave.

Il était à terre à présent, sourd de douleur et des larmes plein les yeux.

– Arrêtez... Écoutez-moi ! avait-il lancé d'une voix sourde.

Mais ses sanglots l'étouffaient et les autres étaient sourds.

– Ferme-la, crapule !

Désespéré, Baptiste avait entrevu un espace entre les jambes de Sylvain et de Marie-Lou. C'était son unique chance avant la prochaine charge qui n'allait pas tarder. Il le sentait. Alors, il avait pris son élan et bondi, comme il pouvait, maladroitement, pour s'échapper. En passant, il avait bousculé Marie-Lou que Louis, trop content de l'aubaine, s'était empressé de rattraper. Les autres s'étaient lancés à sa poursuite, en criant. Au bout de la cour, les adultes rassemblés en rond n'avaient rien remarqué. Et ceux qui observaient les élèves imaginaient sans doute qu'une partie de loup débutait entre les grands.

La course de Baptiste n'avait pas duré bien longtemps. Terrorisé, il n'avait pas cherché à se réfugier dans les pattes des maîtres. Baptiste avait pas mal de défauts, mais il n'avait jamais eu celui d'être un sale rapporteur. Se plaindre, c'était se condamner à mort dès la prochaine récré. Alors, en galopant à perdre haleine, il s'était engouffré par la seule porte ouverte qui s'offrait à lui, celle réservée au personnel de la cantine et strictement interdite aux élèves.

Les autres l'auraient certainement suivi là si M. Kartel, leur enseignant de CM2 et directeur de l'école, n'avait jeté un coup d'œil dans cette direction au même moment.

– Eh ! Vous, là-bas, revenez ici immédiatement ! avait-il ordonné de sa voix puissante. Vous n'avez rien à faire du côté du réfectoire.

Stoppés net dans leur élan, ses poursuivants avaient lâché prise. Pour le moment.

Baptiste s'était d'abord planqué dans le local technique et la chaufferie. Au moins avait-il pu reprendre un peu son souffle. Ensuite, il était passé en douce dans la pièce servant de réserve aux provisions. Mais il sentait que c'était une très mauvaise cachette. D'une minute à l'autre, une cuisinière ou une femme de service le découvrirait. Il lui fallait trouver mieux. Alors il s'était faufilé, par l'arrière du bâtiment, dans le local sombre et puant des poubelles. Là, il avait essayé de se calmer, pleuré encore et cherché à comprendre. Mais tout, absolument tout ce matin était une erreur.

« Voleur ! » ?

« On sait tout à propos de toi ! » ?

De quoi parlaient ces fous ?

Baptiste avait réfléchi, tenté de comprendre... Mercredi... Voleur...

En rentrant chez lui, mercredi en fin d'après-midi, il pensait avoir totalement chassé de son esprit l'incident du magasin. Mais durant la nuit, la fièvre et la bronchite étaient montées en même temps qu'un cauchemar terrible dans lequel son cousin Rémi et le vigile du Fan Mega Store cherchaient à lui passer des menottes en riant aux éclats.

5

Il ne vivra pas plus longtemps au milieu de conteneurs puants dans une prison obscure ! Il ne supportera pas davantage la présence d'une araignée peut-être carnivore ! Il ne sera pas le souffre-douleur d'une bande de fauves qui se trompent à ce point sur son compte !

On n'a pas à accepter l'inacceptable ! Jamais !

Baptiste se redresse et, sans hésiter, ouvre la porte du local poubelles. Il tombe nez à nez avec Marguerite, l'aide-cuisinière chargée de deux gros sacs poubelle qu'elle s'apprêtait à venir déposer dans le local. Ils sursautent en même temps.

– Qu'est-ce que tu fiches ici, toi ? Ils sont tous en classe ! Tu crois que c'est le moment de te balader ! File en classe immédiatement ! peste-t-elle. Tu n'as rien à faire là !

Il est bien d'accord. Il ne répond pas. Il y va, en classe.

Il traverse la cour déserte, puis le préau. Il passe devant les toilettes, se demande un instant s'il ne devrait pas s'y arrêter pour se débarbouiller un peu et boire au robinet, mais il se ravise en apercevant son cartable abandonné dans un coin du préau. Il va le ramasser et continue dans le couloir. Les classes des plus grands sont au deuxième étage, comme dans son ancienne école, là où il avait tant d'amis.

Il grimpe l'escalier d'un pas régulier, sans courir, sans rebrousser chemin, sans croiser personne. Sa classe est la troisième sur la droite. Il s'arrête devant la porte sur laquelle est noté le nom de son maître suivi de ceux des vingt-six élèves. Le sien est le dernier de la liste, ajouté à la main il y a un mois.

Baptiste écoute. Ils sont encore en train de faire l'appel pour la cantine.

– Baptiste ? Où est Baptiste ? entend-il demander M. Kartel. Je l'ai vu dans la cour ce matin.

La classe reste silencieuse et Baptiste attend encore quelques instants.

– Mais enfin, où est-il ? insiste le maître de l'autre côté de la porte.

La classe demeure muette.

Alors, Baptiste prend la plus profonde des inspirations. Il ne lui vient pas à l'esprit de brosser les taches sombres qui constellent ses vêtements et les vilaines traînées que les larmes ont dessinées sur son visage, et il ouvre la porte en grand, sans même frapper avant.

Le maître, installé derrière son bureau, se retourne, surpris. Il a un moment d'étonnement devant l'accoutrement de son élève planté à la porte. Une rumeur sourde parcourt les rangées, les enfants le fixent, étonnés.

– Ah ! Te voilà toi ? finit par dire M. Kartel. Et alors ? Tu étais encore en récréation ? Tu n'as pas entendu la sonnerie ? J'allais envoyer quelqu'un te chercher. File à ta place, Baptiste.

Baptiste a peur de paraître ridicule. Mais il sait clairement que s'il ne fait rien, il ne pourra pas rester, ni revenir dans cette classe, jamais. Alors, en tremblant, face aux mines hostiles d'une partie de la classe, sans répondre à M. Kartel, Baptiste avance de cinq pas et va se planter devant le tableau.

– Qu'est-ce que tu… ? demande le maître avant de s'interrompre.

Il sent que quelque chose d'important est en train de se dérouler sous ses yeux.

Le garçon fait face à ses vingt-cinq camarades et accroche plus particulièrement le regard sombre d'Octave Odéon qui hoche la tête, l'air mauvais. « Tu ne perds rien pour attendre », semble promettre l'autre depuis sa chaise au deuxième rang. Baptiste se retourne, se saisit d'une craie et, au tableau, en essayant de s'appliquer (mais c'est difficile tellement il tremble d'émotion), trace six mots :

Je ne suis pas un voleur !

– Qu'est-ce que cela veut dire ? demande M. Kartel. Explique-toi, Baptiste.

– Même pas un euro dans le porte-monnaie de ma mère, je n'ai jamais rien volé ! chevrote la voix du garçon, toujours à la frontière du sanglot.

– Oui… c'est bien, mais alors pourquoi as-tu écrit cela ? insiste le maître.

– Demandez à Octave ! bafouille Baptiste, qui n'arrive plus à parler.

– Il m'a volé cinq euros d'argent de poche au vestiaire du gymnase avant les vacances de Pâques ! répond Odéon, sûr de son bon droit.

– C'est faux… j'ai jamais rien volé… jamais… à personne ! réussit à murmurer l'élève.

– On a des preuves ! dit Octave, toujours l'air aussi triomphant.

– Ah, s'il y a des preuves… Je pense que

tu es coincé, Baptiste ! C'est grave, tu sais ! Très grave ! Mais j'ai juste une question à poser avant que nous coupions ses mains de voleur à Baptiste... Octave, peux-tu me dire comment il s'y est pris pour te voler cet argent alors qu'il est arrivé dans notre classe... au début du troisième trimestre, *après* les vacances de Pâques ? Peux-tu m'expliquer ce prodige ? Car dans ce cas-là, il est vraiment très fort, notre Baptiste !

Un murmure gêné parcourt la classe.

– Je ne sais pas, commence à balbutier Octave.

Puis il se reprend aussitôt. Un Octave Odéon ne saurait se laisser déstabiliser par un si petit détail.

– En tout cas, quand il dit qu'il n'a jamais volé, il ment. Mercredi dernier, j'étais avec mon père et je l'ai vu se faire choper à la sortie du Fan Mega Store. Il ment !

Et s'il ment là-dessus, il n'y a pas de raison qu'il ne mente pas pour tout le reste ! assène l'élève comme on donne un coup de grâce.

– Je n'avais rien volé… C'était une erreur, se défend maladroitement Baptiste.

– *Moi aussi !* fait brusquement M. Kartel en le coupant dans ses explications. *Moi aussi, j'ai volé !*

La classe reste coite en entendant pareil aveu. Stupéfaits, les élèves regardent le maître se saisir à son tour de la brosse en feutrine et d'un morceau de craie, effacer deux mots du message de Baptiste et tracer sa propre signature.

Je suis un voleur !
M. Kartel.

– Puisque nous en sommes à nous faire

des confidences, je dois vous avouer que moi aussi je me suis fait prendre au Fan Mega Store mercredi dernier ! Je sais, cela vous surprend, mais c'est comme ça… Je peux vous dire que c'est le même vigile qui m'a attrapé !

Éberlués, les élèves regardent leur maître et directeur d'école sans comprendre. Quelque chose est en train de se rompre dans leur esprit. La confiance totale qu'ils avaient en lui vient de basculer dans le territoire de la méfiance.

Lui les fixe tous, tranquillement, les uns après les autres, avant de poursuivre :

– Moi aussi, mercredi dernier, juste après Baptiste que d'ailleurs j'ai vu au magasin, je suis sorti après avoir fait mes courses, j'ai fait sonner les portiques de sécurité. On m'a arrêté et j'ai dû vider mes sacs et mes poches sous l'œil du vigile et de quelques clients. J'ai détesté cela. Ai-je besoin de vous dire qu'évidemment je n'avais rien volé ? Et pourtant, je me suis surpris à avoir honte. Abominablement honte ! Et cette fouille m'a semblé interminable, alors qu'en réalité elle n'a pas pris plus de trois minutes. J'essayais de ne pas m'énerver, mais ce vigile voulait faire son travail consciencieusement et insistait pour que je vérifie encore si je n'avais rien oublié dans mes poches. C'était très humiliant et détestable. Le bonhomme a fini par admettre que ses portiques se déclenchaient n'importe quand et n'importe comment. Mais il a eu du mal !

M. Kartel s'interrompt pour lancer un sourire complice à Baptiste qui respire fort à côté de lui.

– Peut-être faut-il faire plus attention à ce qu'on raconte ! Imaginez que l'inspecteur des écoles m'ait vu mercredi en face de ce vigile, à vider tout ce que j'avais sur moi. Imaginez qu'il ait conclu : « Incroyable, M. Kartel est un voleur ! » Imaginez ! En sortant du Fan Mega Store, cette histoire m'avait énervé et je me suis assis à la terrasse de la brasserie sur la place pour boire une bière. Quand le serveur l'a déposée devant moi, en sortant mon porte-monnaie pour payer, j'ai fait un faux mouvement et j'ai renversé mon verre sur mon pantalon... Imaginez que notre même inspecteur ait assisté à cette nouvelle scène, et qu'il ait conclu : « Non seulement M. Kartel est un voleur, mais c'est aussi un alcoolique ! » Malgré tous mes efforts aux lavabos de la brasserie, j'avais encore le pantalon trempé quand je suis rentré chez moi. Est-ce que les gens devaient obligatoirement penser : « Ce type s'est fait pipi dessus » ?

Faites attention à ce que vous racontez, les enfants !

Baptiste tremble toujours au tableau. Il n'arrive pas à se calmer. Pourtant, le regard des autres s'est adouci. Certains fixent Octave Odéon, la plupart regardent le plateau de leur bureau.

– Octave, tu as juste de la chance que cette histoire de portiques de sécurité qui ne fonctionnaient pas bien ne te soit pas arrivée à toi et ton papa ! Juste beaucoup de chance… Imagine tout ce que l'on aurait raconté sur lui qui est à la mairie ? Imagine les dégâts quant à sa réputation !

Odéon finit enfin lui aussi par baisser les yeux.

– Va t'asseoir à ta place, Baptiste. Je ne veux plus entendre parler de cette histoire.

L'élève gagne sa chaise en silence, sans regarder Odéon qui, malgré tout, relève la tête pour lui jeter un œil assassin. Octave préfère la haine à l'excuse. Il y a des gens comme ça, qui ne savent jamais s'excuser… Tant pis pour lui, songe Baptiste en croisant le sourire de Blandine. Un sourire délicat qui semble dire : « *Moi, je te fais confiance, tu sais !* »

Il n'arrive pas encore à lui rendre son sourire, mais le goûte avec plaisir. C'est le premier signe amical qu'il reçoit depuis ce matin dans cette école. Il s'asseoit à sa place et pense qu'il aurait dû boire un peu tout à l'heure en passant devant les toilettes. Sa gorge en feu lui fait si mal.

À sa droite, son voisin Noé lui murmure :

– Moi, je le savais que t'étais innocent !

Il ne répond pas. Noé faisait partie de ses poursuivants tout à l'heure dans la cour.

– Tu sais qu'il paraît qu'Octave a des armes chez lui ! insiste Noé.

Il ne répond toujours pas. Il regarde Blandine qui se retourne pour lui accorder un vrai rab de sourire.

– Il paraît qu'il s'entraîne au pistolet sur des chats, avec son frère, poursuit Noé.

– Fiche-moi la paix, t'as vraiment rien compris ! fait Baptiste, suffisamment fort pour que son voisin se taise. Pour que lui et les colporteurs de rumeur se taisent.

TABLE DES MATIÈRES

Hubert Ben Kemoun

Hubert Ben Kemoun vit à Nantes sur les rives de la Loire.

Quand il avait l'âge de Baptiste, il supportait mal les rumeurs qui galopaient dans la cour de récréation et faisaient tant de ravages. Certaines de ces rumeurs concernaient son nom qui semblait venir de très très loin. Il a vite appris à quel point la cour de récréation est un territoire parfois merveilleux et parfois absolument terrible.

Ce ne sont pas des rumeurs, mais des histoires que raconte Hubert Ben Kemoun.

Des histoires pour les petits comme pour les beaucoup plus grands. Et il est très fier d'inscrire son nom sur des couvertures de livres traduits dans des pays très très lointains.

Les histoires écrites pour les livres font du bien. Les ragots inventés pour nuire aux autres font toujours du mal !

C'est sans doute parce qu'il a choisi de faire partie du camp des raconteurs d'histoires et jamais de celui des colporteurs de rumeurs qu'Hubert Ben Kemoun a écrit ce récit.

Du même auteur :

AUX ÉDITIONS NATHAN

L'interrogatoire

Soir de rage

Série « Samuel »

Joëlle Passeron

Joëlle Passeron a grandi dans un joli village, avec une jolie école et une chouette bande de copains, sans centre commercial, sans ordinateur et sans téléphone portable (si, c'est possible).

Par contre, des araignées, y en avait... plein !

***Seul contre tous* a remporté**
le Prix Littéralouest dans la catégorie 10-12 ans en 2014.

Vous avez aimé

SEUL CONTRE TOUS.

Découvrez, du même auteur :

Soir de rage

Ill. de Freddy Nadolny-Poustochkine

Alex est sur le point d'accéder au plus haut niveau de sa partie de jeu vidéo, quand son père débranche brutalement sa console. Tout ça pour assister à un spectacle ! Alex est fou de rage. Il en veut à son père. Il en veut même au monde entier ! L'amour pour son père sera-t-il plus fort que ce moment de rage ?

L'interrogatoire

Ill. de Clotka

Comment Teddy, un garcon sans histoire, a-t-il bien pu se retrouver mêlé à une affaire de vol ? L'inspecteur de police chargé de l'enquête interroge six témoins pour reconstituer ce qui s'est passé au cours de cette incroyable soirée. Mais pas facile de découvrir la vérité avec des témoins pareils !

Et découvrez d'autres romans dans la même collection...

La sœur qui n'existait pas

EMMANUEL TRÉDEZ

Ill. de Fréderic Rébéna

Déménager, changer d'école, se faire de nouveaux amis, ce n'est pas évident, surtout pour Théo. Avant, il était le chouchou de la maîtresse et le chef d'une super bande. Maintenant, personne ne lui parle, il se sent seul et isolé. Il faudrait qu'il parvienne à intéresser les autres. Mais comment ?.... en mentant peut-être ? Après tout, un petit mensonge de rien du tout, ce n'est pas bien grave...

Loin des yeux, près du cœur suivi de La fille de nulle part

THIERRY LENAIN

Ill. de Élène Usdin

Loin de yeux, près du cœur

Aïssata et moi, nous nous donnions la main. Moi qui étais aveugle, je lui apprenais à écouter le pas des gens, le chant des oiseaux. Elle qui était noire m'enseignait les couleurs : le bleu, c'est comme l'océan quand tu es devant...

La fille de nulle part

Avant, Pablo ne s'intéressait qu'aux extraterrestres. Il ne savait pas que l'amour ne prévenait pas avant de frapper. Aujourd'hui, il pense à Mila. Elle portait en elle tant de mystère...

Fatou Diallo Détective

Emmanuel Trédez

Ill. d'Amandine Laprun (couverture) et Magali Le Huche (intérieur)

Moi, c'est Fatou Diallo, 9 ans et demi. Avec mon associé, Max (oui, bon, c'est un hamster, on fait comme on peut !), bref, avec Max, nous avons créé l'agence de détectives FDD. Dès qu'il y a une enquête à mener, un mystère à élucider, on m'appelle. Pour me trouver, c'est simple : cité des Violettes, bâtiment D, à côté de l'escalier !

Vachement moi !

Emmanuel Bourdier

Ill. de Robin

Ce matin, comme tous les matins je montre mon code-barres à monsieur Verzy, le concierge, pour rentrer dans l'école. Mais il refuse de me laisser passer. « Interdit aux animaux ! », clame-t-il. Rien à faire ! Car son ordinateur est formel : d'après mon code-barres, aujourd'hui, je ne suis pas un garçon… je suis une vache !

MIXTE
Papier issu de sources responsables
FSC® C022030

N° d'éditeur : 10252529 – Dépôt légal : septembre 2011
Achevé d'imprimer en décembre 2018
par la Nouvelle Imprimerie Laballery, 58500 Clamecy, France
Numéro d'impression : 812270